El del pingüino solitario

Lee Aucoin, *Directora creativa*
Jamey Acosta, *Editora principal*
Heidi Fiedler, *Editora*
Producido y diseñado por
Denise Ryan & Associates
Ilustraciones © Sophie Kittredge
Traducido por Santiago Ochoa
Rachelle Cracchiolo, *Editora comercial*

Teacher Created Materials

5301 Oceanus Drive
Huntington Beach, CA 92649-1030
www.tcmpub.com
ISBN: 978-1-4807-4066-2
© 2018 Teacher Created Materials
Printed in China 51497

Escrito por Alan Trussell-Cullen

Ilustrado por Sophie Kittredge

El blog del pingüino

15 de junio: ¡Hola mundo!

Bienvenidos a mi blog. Soy Palaki, un pingüino emperador de tres años. He estado nadando mucho hacia el norte para ver el mundo. Ahora por fin me dirijo hacia el sur, a mi hogar en las heladas aguas de la Antártida.

3

El blog del pingüino

17 de junio: ¡Algo anda mal!

El agua del mar debería volverse más fría mientras nado hacia el sur, pero se está volviendo más caliente. "¿Estoy perdido? —me pregunto—. ¿Estoy nadando en la dirección equivocada?".

El blog del pingüino

18 de junio: ¿Algún témpano?

¡Sigo atento a los témpanos! ¡Y también a las focas leopardo! Les encanta comer pingüinos. ¡También me tengo que cuidar de las orcas!

El blog del pingüino

20 de junio: ¡Estoy en serios problemas!

Estaba nadando cuando vi algo blanco adelante.
Creí que era hielo y que por fin había llegado
a casa. ¡Nadé hacia allá, pero miren dónde
terminé!

El blog del pingüino

21 de junio: ¿Dónde estoy?

La gente me sigue mirando y tomando fotos.
Dicen que esta es la playa Peka Peka y que estoy
en Nueva Zelanda. ¡Soy el primer pingüino
emperador en llegar aquí en 44 años! ¡Significa
que estoy a casi 2,000 millas de casa!

AUSTRALIA

ZOO

Playa Peka Peka
Wellington

NUEVA ZELANDA

Océano Pacífico Sur

ANTÁRTIDA

El blog del pingüino

22 de junio: Mi gran error

Cuando tenemos sed en la Antártida, tragamos un poco de nieve blanca, así que intenté tragar un poco de una cosa blanca que había en la playa. ¡Puaj! ¡Sabía horrible!

12

El blog del pingüino

23 de junio: ¡Me siento enfermo!

¡Me duele mucho el estómago y creo que es por esa cosa blanca que comí! Estoy preocupado. La gente está preocupada también.

El blog del pingüino

24 de junio: El zoológico de Wellington

La gente decidió que yo necesitaba ayuda. Me llevaron al zoológico de Wellington. Me hicieron este cuarto especial. Es muy frío. También me hicieron una cama de hielo para dormir.

16

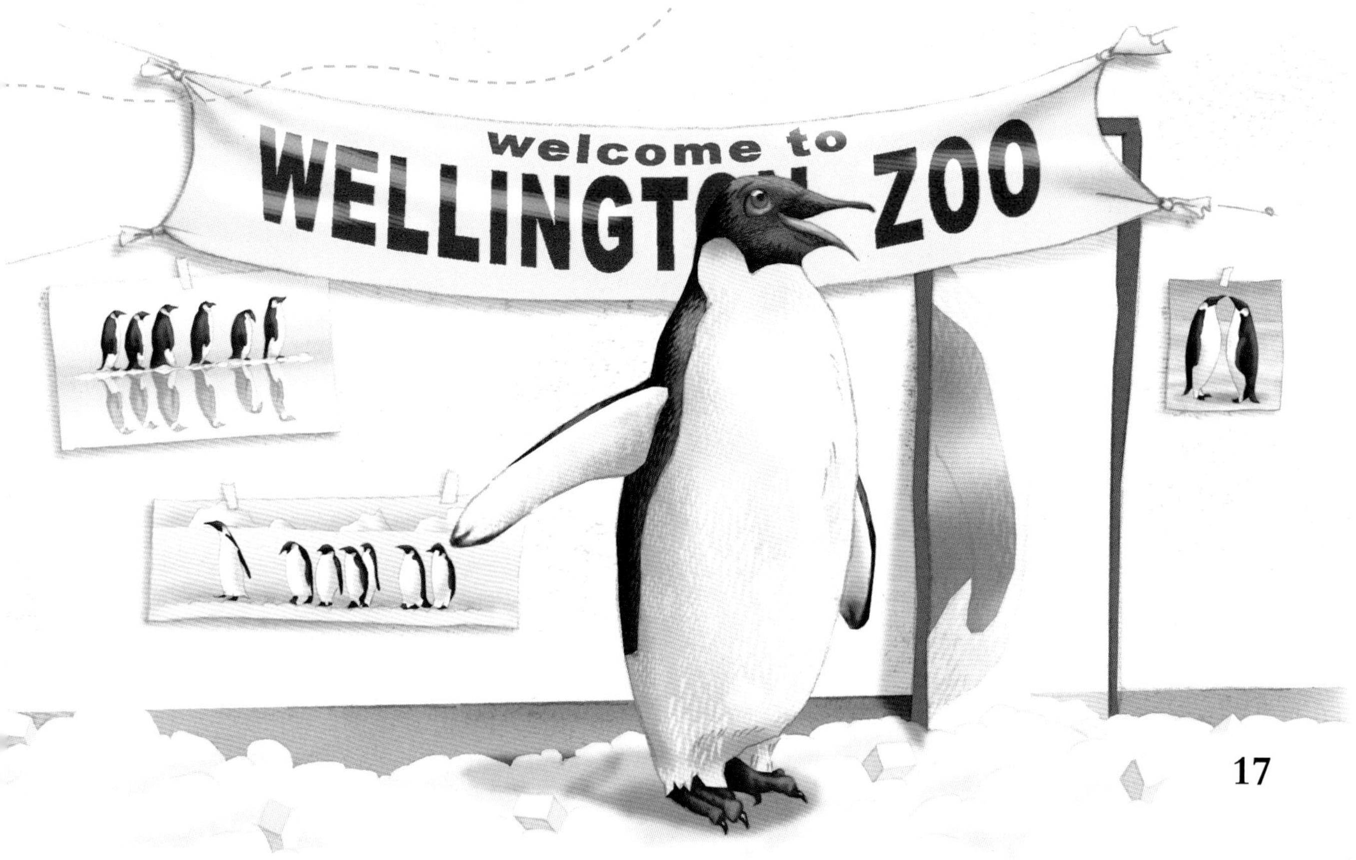
welcome to
WELLINGT
ZOO

El blog del pingüino

28 de junio: Dentro de mi estómago

Los veterinarios me tomaron unos rayos X del estómago y lo miraron por dentro con una cámara. Adivinen qué encontraron. Arena. ¡Muchísima! ¡Me sacaron casi una libra de arena! ¡Yo era un saco de arena ambulante! Ahora me siento mejor.

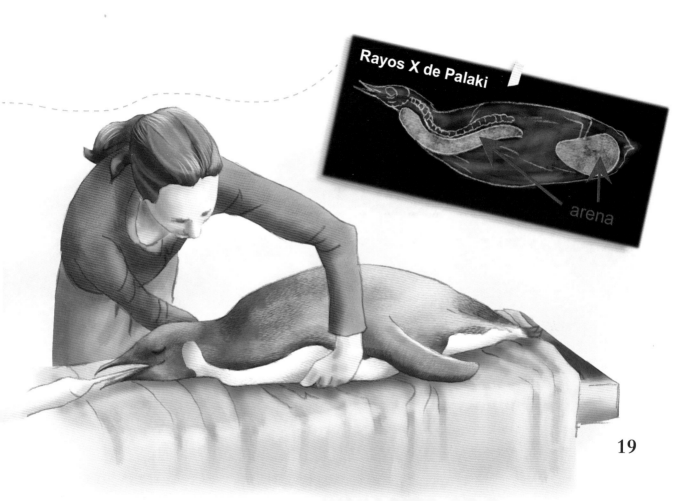

Rayos X de Palaki

arena

19

El blog del pingüino

25 de julio: ¡Nieve!

Hoy ha sido el día más frío en la historia de Wellington. ¡Incluso nevó! Eso casi nunca sucede aquí. Hacía tanto frío que me dejaron nadar en una piscina al aire libre. ¡Fue maravilloso!

El blog del pingüino

19 de agosto: Preparándome para ir a casa

Me siento más fuerte. Los veterinarios del zoológico creen que ya puedo regresar nadando a casa. Me llevarán hasta la mitad del camino en un barco y dejarán que nade el resto del trayecto. No veo la hora de partir.

El blog del pingüino

28 de agosto: ¡Probando, probando!

Hoy me pusieron un transmisor en las plumas. Enviará señales para que la gente sepa dónde estoy mientras nado. ¡Espero que no se me caiga!

El blog del pingüino

29 de agosto: ¡Todos a bordo!

Me llevaron al barco en una jaula especial. El nombre del barco es *Tangaroa*. La gente se puso triste al verme partir. Llevamos varios días navegando y ha llegado el momento de nadar. Hicieron una rampa para que me deslizara. Todos se despidieron de mí. Entonces, comencé a nadar en el mar. Fue maravilloso.

El blog del pingüino

8 de septiembre: Hora de despedirme

Estoy nadando bien, pero el transmisor se cayó hoy. ¡Qué lástima! El agua se vuelve más fría cada día, así que debo estar nadando en la dirección correcta. Pronto, veré hielo flotando en el agua y a otros pingüinos emperadores. Entonces sabré que estoy en casa. Esta será mi última entrada del blog. Me estoy desconectando. Gracias por su ayuda. ¡Adiós!